Als die Götter uns besuchten
Die Entstehungsgeschichte der Stadt Sternberg

FSC
www.fsc.org
MIX
Papier aus ver-
antwortungsvollen
Quellen
Paper from
responsible sources
FSC® C105338

Herold zu Moschdehner

Als die Götter uns besuchten

Die Entstehungsgeschichte der Stadt Sternberg

Bibliografische Information der Deutschen Nationalbibliothek
Die Deutsche Nationalbibliothek verzeichnet diese Publikation in der Deutschen Nationalbibliografie; detaillierte bibliografische Daten sind im Internet über http://dnb.d-nb.de abrufbar.

ISBN: 978-3-7693-0750-4

12,99 Euro

Vorwort

Seit Jahrhunderten bewahrt der Sternberg sein Geheimnis. Eine unscheinbare Stadt, deren Name nur in wenigen Geschichtsbüchern auftaucht, und doch verbirgt sie ein Wissen, das die Menschheit für immer verändern könnte. Was wäre, wenn die Legenden wahr wären? Was, wenn in einem längst vergangenen Zeitalter Wesen aus einer anderen Welt hier gelandet wären, den Menschen Wissen übergaben und Spuren hinterließen, die bis heute im Verborgenen ruhen?
Dieses Buch erzählt die Geschichte der Hüterinnen und Hüter dieses Wissens – Menschen, die ihr Leben der Aufgabe gewidmet haben, die Geheimnisse der Leuchtenden zu bewahren. Jede Generation wusste um die Macht und die Gefahr, die in diesem Wissen lag. Die Entscheidung, die Wahrheit im Verborgenen zu halten, wurde in aller Stille getroffen, in kleinen Kapellen und versteckten Tunneln, um den richtigen Zeitpunkt abzuwarten. Dies ist nicht nur eine Geschichte über Sternberg, sondern über das Erbe, das Generationen von Chronisten, Hütern und Bewahrern an uns weitergaben. Begeben Sie sich mit uns auf eine Reise in die Tiefe der Geschichte, in das Herz des Sternbergs, und erfahren Sie von der Verantwortung und dem Mut jener, die die Wahrheit bis heute bewahren. Die Frage bleibt offen: Ist die Menschheit bereit, das Erbe der Leuchtenden anzunehmen?

Kapitel 1: Ein Geheimnis im Namen

Sternberg. Ein Name, den man nicht hinterfragt, ein Ort, der in Deutschland kaum Beachtung findet. Doch Sternberg birgt Geheimnisse, die man in keinem Geschichtsbuch lesen und in keiner offiziellen Chronik finden wird. Der Name Sternberg, so alltäglich und bedeutungslos wie die Steine auf den alten Kopfsteinpflasterstraßen, hat seine Wurzeln weit in der Zeit verloren. Und doch deutet dieser Name auf eine Geschichte, die älter ist als unsere Geschichtsbücher, älter als die Menschheit, die wir zu kennen glauben. Herr Riedel, der alte Chronist der Stadt, war nicht der typische Geschichtsschreiber, den man sich vorstellt. Weder weltfremd noch von hohen Idealen geleitet, sondern ein nüchterner, pragmatischer Mann, der an konkrete Fakten und historische Daten glaubte. Doch eine Ahnung, ein Flüstern in seinen Gedanken ließ ihn nicht los. Warum „Sternberg"? Welche Bedeutung trug dieser Name? Woher kam er, und warum hatten die Menschen seit jeher einen unbewussten Respekt vor dem Ort, an dem der Berg mit der Stadt verschmolz? Eine Neugier packte ihn – nicht die übliche Wissbegierde eines Chronisten, sondern etwas Tieferes, Dunkleres. Eine Art Ruf, der ihn förmlich zwang, der Wahrheit auf den Grund zu gehen.

An einem regnerischen Herbstabend, als die Blätter im Wind wie verstaubte Blätter alter Bücher wehten und der Himmel von dichten Wolken verdeckt war, machte sich Herr Riedel auf den Weg in das Archiv der ältesten Familie der Stadt. Die Familie Meißner, die ihre Wurzeln angeblich bis ins Mittelalter zurückverfolgen konnte, besaß Aufzeichnungen, die keinem anderen zugänglich waren. Herr Riedel war vertraut mit den meisten dieser Dokumente, doch es gab ein einziges Buch, das ihm bislang verborgen geblieben war. Die Älteste der Familie, Frau Meißner, eine Frau von eiserner Disziplin und einem Blick, der so scharf wie die Klinge eines Schwertes war, erlaubte ihm schließlich den Zugang zu diesem mysteriösen Buch.

Als Herr Riedel das alte, verstaubte Buch in Händen hielt, spürte er einen Schauer, der ihm über den Rücken lief. Es war, als hielte er nicht nur Papier und Tinte, sondern die Essenz einer längst vergessenen Geschichte, die nur darauf wartete, ans Licht zu kommen. Der Einband war brüchig, die Seiten vergilbt, doch die Schrift war erstaunlich gut erhalten. Dies war das Werk eines früheren Chronisten, eines Mannes, der wie Herr Riedel selbst von dem Drang besessen war, die Geschichte dieser Stadt zu bewahren.

„Johannes Meißner, Chronist und Bewahrer der wahren Geschichte Sternbergs", las Herr Riedel, und seine Augen weiteten sich. Es war, als ob er das Siegel zu einem geheimen Pfad öffnete, der ihn in eine Welt führen würde, von der er nur hatte träumen können.

Johannes Meißner beschrieb in seinen Aufzeichnungen eine Zeit, die lange vor den uns bekannten Aufzeichnungen lag, eine Zeit, in der die Menschen der Stadt Zeugen eines Ereignisses wurden, das alles änderte. Ein Licht am Himmel, das hell und eindringlich über dem Berg

schwebte, als ob eine zweite Sonne über
Sternberg leuchtete. Die Menschen, damals
einfache Bauern und Fischer, glaubten, dass ein
neuer Stern die Erde gesegnet hatte. Sie sahen in
dem Licht ein Omen, ein Zeichen der Götter, das
sie nicht hinterfragten, sondern ehrfürchtig
annahmen. Doch Meißner schrieb mit einer
unübersehbaren Skepsis: „Was war dieser Stern?
Ein Geschenk des Himmels – oder die Ankunft von
Wesen, deren Geheimnis die Menschheit nie
entschlüsseln durfte?"
Herr Riedel blätterte weiter und las gebannt von
den ersten Siedlern, die sich genau an jener Stelle
niederließen, wo das leuchtende Objekt
niederging. Sie errichteten ihre Hütten und
Tempel um den Berg herum und pflegten die
Legende von einem Stern, der ihnen den Weg
gewiesen hatte. Doch Johannes Meißner schrieb
auch von etwas Unerwartetem, etwas, das ihm
den Atem stocken ließ.
In den Aufzeichnungen fand Herr Riedel Berichte
über „Besucher", Wesen, die nicht menschlich
waren und mit den frühen Bewohnern von
Sternberg in Kontakt traten. Die Berichte waren
vage, voller Andeutungen und mystischer
Beschreibungen, aber die Botschaft war klar:
Diese Wesen brachten Wissen und Werkzeuge
mit, die den einfachen Menschen fremd waren.
Meißner sprach von „Lichtstäben", die die
Dunkelheit durchdrangen, und von „Steinen, die
zu sprechen schienen". Diese Beschreibungen
ließen Herrn Riedels Herz schneller schlagen.
Waren das primitive Berichte über fortschrittliche
Technologie? Hatten diese Wesen die frühen

Siedler belehrt, ihnen Wissen vermittelt, das damals unvergleichlich war?

Doch das war nicht alles. Meißner, der alte Chronist, schien selbst nur ein Glied in einer langen Kette von Chronisten gewesen zu sein, die immer wieder dieselben Geschichten und Abschriften weitergegeben hatten. Jede Generation hatte die Berichte der Vorherigen gesammelt, ergänzt und aufbewahrt, doch nie wagte es jemand, die wahre Geschichte zu veröffentlichen. Es war, als hätte jede Generation sich fürchten müssen, diese Wahrheit ans Licht zu bringen.

Herr Riedel atmete tief ein, als er das Buch zur Seite legte und in die Dunkelheit des Archivs blickte. Die Geschichten und Beschreibungen klangen fast zu fantastisch, um wahr zu sein – und doch spürte er, dass dies mehr war als nur ein Mythos. Dies war eine Geschichte, die eine Spur von Wahrheit barg, eine Wahrheit, die tief in den Gängen der Vergangenheit versteckt lag und darauf wartete, von einem mutigen Geist ans Licht gebracht zu werden.

Das Wissen um den „Stern auf dem Berg" war so lebendig in den Seiten, dass er das Gefühl hatte, selbst dort zu stehen, an jenem alten Berg, und das strahlende Licht über ihm zu sehen. Er wusste, dass dies der Beginn seiner Reise war. Herr Riedel schloss das Buch, und eine Entschlossenheit, wie er sie selten verspürt hatte, durchströmte ihn. Er würde die Wahrheit über Sternberg ans Licht bringen. Er würde herausfinden, was wirklich geschehen war, und warum diese Geschichte so beharrlich von Generation zu Generation

weitergegeben und zugleich verschwiegen
worden war.

In dieser Nacht konnte Herr Riedel kaum schlafen.
Seine Gedanken kreisten unaufhörlich um die
Enthüllungen, die das alte Buch ihm offenbart
hatte. Er spürte, dass er auf dem Weg war, eine
Geschichte zu entschlüsseln, die nicht nur die
Geschichte Sternbergs, sondern die der
gesamten Menschheit infrage stellte. Wenn diese
Wesen tatsächlich hier gewesen waren, was
bedeutete das für unser Verständnis der
Vergangenheit? Und was, wenn sie
wiederkamen?

Als der Morgen graute, war Herr Riedel bereit. Er
würde weitere Hinweise sammeln, noch tiefer
graben und diese alte Geschichte entschlüsseln,
die Sternberg seinen Namen gab.

Kapitel 2: Das Buch des Chronisten

Der Regen hatte aufgehört, doch die Straßen von Sternberg waren vom Nebel umhüllt, und die kühle Herbstluft war wie geschaffen für Geheimnisse. Herr Riedel schritt zielstrebig durch die engen Gassen der Altstadt. Mit ihm schien eine neue Entschlossenheit zu gehen, eine Kraft, die in ihm erwacht war, seitdem er die ersten Seiten des geheimnisvollen Buches in den Händen gehalten hatte.

Die älteste Familie der Stadt, die Meißners, hatte ihm Zugang zu ihren Dokumenten gewährt, doch Frau Meißner hatte darauf bestanden, dass das Buch das Archiv nicht verließ. Also begab sich Herr Riedel an diesem Abend erneut dorthin, entschlossen, sich durch die Aufzeichnungen des Chronisten Johannes Meißner zu wühlen und dem Geheimnis des „Sternenbergs" näherzukommen.

Der Raum, der ihm für seine Recherchen zur Verfügung gestellt wurde, war düster und kalt. Regale voller vergilbter Dokumente und staubiger Bücher ragten bis zur Decke und ließen den Raum klaustrophobisch wirken. Das schwache Licht einer kleinen Lampe erhellte gerade genug, um die brüchigen Seiten zu lesen. Es war, als wäre dies der perfekte Ort, um eine Geschichte zu entdecken, die längst vergessen war – verborgen zwischen den Schatten und Staubschichten der Vergangenheit.

Herr Riedel öffnete das alte Chronistenbuch und blätterte aufgeregt weiter. Die Sprache war altertümlich und die Schrift schwer zu entziffern, doch seine Augen flogen über die Worte, als wäre jede Zeile eine neue Enthüllung. Johannes Meißner, so stellte er bald fest, war kein gewöhnlicher Chronist gewesen. Er war ein Suchender, ein Wissender, der nicht nur die äußeren Ereignisse dokumentierte, sondern die inneren Geheimnisse Sternbergs entschlüsseln wollte.

„Warum", fragte Herr Riedel sich laut, „war dieser Mann so fasziniert von diesem Licht? Von diesen Fremden?"

Er fand eine Stelle, die ihm den Atem stocken ließ. In einer Passage schrieb Meißner über die ersten Begegnungen zwischen den frühen Bewohnern Sternbergs und den „Leuchtenden", wie sie die Besucher nannten. Sie erschienen den Menschen als höhere Wesen, überirdisch und weise, ausgestattet mit Kenntnissen und Fähigkeiten, die alles überstiegen, was die frühen Siedler kannten. Die „Leuchtenden" waren gekommen, um Wissen zu bringen – Wissen, das die Menschheit angeblich noch nicht verstehen konnte.

Meißner beschrieb, wie diese Besucher aus der Dunkelheit auftauchten, wie sie sich in leuchtenden Hüllen hüllten und zu schweben schienen. Sie waren nicht von dieser Welt. Die Siedler hatten die „Leuchtenden" auf dem Berg versammelt gesehen, genau dort, wo heute Sternberg lag. Ihre Gestalt war so fremdartig, dass die damaligen Menschen sie für Gottheiten hielten, für Boten einer anderen Sphäre, und sich niederwarfen, um sie zu verehren.

Doch Herr Riedel erkannte, dass Meißner skeptisch war. Der Chronist beschrieb diese Szenen mit einer Mischung aus Ehrfurcht und Zweifeln. „Waren diese Wesen wirklich Götter?" schrieb er. „Oder hatten sie sich als Götter ausgegeben, um den einfachen Menschen ihren wahren Ursprung zu verschleiern?"

Riedel blätterte weiter, gefesselt von den Beschreibungen und den Fragen, die Meißner sich stellte. Der Chronist hatte tatsächlich Abschriften und Notizen von früheren Chronisten verwendet, die dieselbe Geschichte von Generation zu Generation weitergegeben hatten. Es war, als wäre dieses Wissen ein geheimer Faden, der durch die Jahrhunderte gesponnen wurde, von einem Chronisten zum nächsten. Jeder Chronist hatte etwas hinzugefügt, ergänzt und versucht, das Mysterium zu entschlüsseln – und doch waren ihre Aufzeichnungen nie an die Öffentlichkeit gelangt.

Herr Riedel konnte nicht anders, als sich zu fragen, warum diese Geschichte von Generation zu Generation überliefert worden war. Was hielt die Meißners davon ab, sie bekannt zu machen? War es Angst? War es Ehrfurcht vor den Geheimnissen, die tief in der Geschichte Sternbergs vergraben lagen?

Er hielt inne, als er auf eine besonders verstörende Passage stieß. Meißner schrieb, dass einige der frühen Siedler nach einer Begegnung mit den „Leuchtenden" krank geworden waren, als ob die Nähe zu diesen Wesen eine Wirkung auf ihre Körper gehabt hatte. Ihre Haut war blass

geworden, ihre Augen schwach, und seltsame
Muster hatten sich auf ihren Armen gebildet –
Muster, die denen ähnelten, die die
„Leuchtenden" auf ihrer Haut trugen.
„Was, wenn diese Wesen nicht hierher
gehörten?" schrieb Meißner. „Was, wenn sie uns
nicht lehren, sondern formen wollten?"
Herr Riedel spürte, wie sein Herz schneller schlug.
Diese Wesen, so schien es, hatten mehr als nur
Wissen gebracht – sie hatten eine Veränderung
hinterlassen, eine Art Erbe, das die Menschen von
Sternberg auf eine unheimliche Weise geprägt
hatte. Was, wenn diese Krankheit, diese Muster
auf der Haut, ein Zeichen für etwas Tieferes
waren? Eine Art Kennzeichnung? Eine
Markierung, die die Leuchtenden bei den ersten
Menschen hinterlassen hatten?
Die Gedanken rasten durch Riedels Kopf. Hatte
Sternberg seinen Namen nicht nur wegen eines
„sternenhaften" Lichts, sondern auch wegen der
ersten Menschen, die von den Fremden auf eine
mysteriöse Weise gezeichnet wurden? Eine Art
Sternensiegel? Eine Spur, die bis in die heutige
Zeit reichte?
Je tiefer er las, desto mehr spürte er, dass diese
Wesen eine Art Plan verfolgten, eine Art stilles
Erbe, das sie der Menschheit hinterließen. Sie
brachten Wissen, ja, doch dieses Wissen schien
mit einer Bürde verbunden zu sein. Und die
Siedler, die als erste mit den Leuchtenden in
Kontakt traten, waren nicht nur Zeugen, sondern
wurden zu Trägern eines Geheimnisses, das bis in
die heutige Zeit reichte.

Riedel konnte sich kaum lösen von den Seiten des Buches, doch als die Nacht fortschritt, fühlte er die Kälte des Raumes und die Schwere der Zeit auf seinen Schultern. Was, wenn diese Wesen wirklich mehr hinterlassen hatten als bloß Geschichten? Eine Erinnerung? Ein Zeichen?
Mit zitternden Händen schloss er das Buch und lehnte sich zurück. Dieses Geheimnis war zu groß für einen einzigen Menschen. Doch er war nicht bereit aufzugeben. Etwas in ihm sagte, dass er noch tiefer graben musste, dass er diesen Faden bis zum Ende verfolgen sollte, auch wenn das bedeutete, dass er sich selbst und seine Vorstellung von der Geschichte der Menschheit infrage stellen würde.
An diesem Abend entschied sich Herr Riedel, dem Geheimnis von Sternberg nachzugehen. Er würde den verschwundenen Aufzeichnungen folgen, die von einem Chronisten zum anderen gewandert waren, bis er die wahre Geschichte des Sternbergs enthüllt hatte – oder sich selbst in den Schatten verlor, die dieses Geheimnis bewachte.

Kapitel 3: Die Entschlüsselung der Geschichte

Die erste blasse Morgendämmerung legte sich
über die Altstadt von Sternberg, als Herr Riedel
sich vom Meißner-Archiv auf den Heimweg
machte. Die Gassen waren still und
menschenleer, und nur das ferne Läuten der
Kirchturmglocken erfüllte die Luft. Riedels
Gedanken waren schwer und voller Fragen, die
durch sein müdes, aber aufgewecktes
Bewusstsein drangen. Er konnte die rätselhaften
Zeilen des alten Chronisten kaum vergessen –
Zeilen, die von Wesen sprachen, die sich den
frühen Siedlern gezeigt und geheimnisvolle
Zeichen und Muster auf ihrer Haut hinterlassen
hatten. Ein Wissen, das anscheinend über die
Jahrhunderte hinweg beharrlich verschwiegen
und doch nie ganz verloren gegangen war.
„Aber wieso?" murmelte Riedel vor sich hin, als er
durch die leeren Straßen ging. Wieso hatten die
Leuchtenden ihre Spuren hinterlassen und die
Siedler mit einer Art „Erbe" markiert, das so
geheim und beunruhigend war, dass es niemand
zu erfassen wagte? Und noch eine Frage nagte
an ihm: Warum hatte keine Generation es jemals
gewagt, diese Geschichte offen ans Licht zu
bringen? Hatten die frühen Siedler Angst gehabt?
Oder war da etwas anderes – etwas, das über
einfache Furcht hinausging?
Kaum zu Hause angekommen, goss sich Herr
Riedel eine Tasse starken Kaffee ein und zog sich
zurück an seinen Schreibtisch, der übersät war mit
den Chroniken und Aufzeichnungen seiner
eigenen Arbeit. Doch seine Gedanken waren nur

auf eines gerichtet: das alte Buch der Meißners und die Entdeckung, die auf ihn wartete. Er musste das Mysterium um Sternberg entschlüsseln, und das bedeutete, dass er tiefer graben musste, weiter zurück in die Zeit.

Er beschloss, die Stadtbibliothek aufzusuchen und alles über die frühen Aufzeichnungen Sternbergs herauszufinden. Vielleicht gab es versteckte Hinweise oder sogar alte Legenden, die sich mit der Geschichte der „Leuchtenden" überschnitten. Er hoffte auf Antworten, aber auch auf weitere Fragmente dieses Rätsels, das in ihm eine Besessenheit geweckt hatte.

Die Bibliothek von Sternberg war eine der ältesten in der Region. Hölzerne Regale ragten bis zur Decke, gefüllt mit verstaubten Folianten und vergessenen Manuskripten, die selten jemanden anzogen. Die wenigen Menschen, die sich hierher verirrten, kamen meist, um Stadtakten zu durchstöbern oder nach genealogischen Aufzeichnungen zu suchen – alte Familiengeschichten und Ahnentafeln. Doch Herr Riedel suchte etwas, das älter war, tiefer verborgen und von der Zeit fast ausgelöscht.

Er begab sich zum hintersten Regal, wo die Aufzeichnungen der Stadtchronisten aufbewahrt wurden, und begann, die Bände durchzublättern. Fast lautlos zog er ein besonders altes Buch heraus, das den Titel „Die Ursprünge Sternbergs" trug. Die Seiten waren trocken und brüchig, und das Pergament war von Jahrhunderten der Zeit vergilbt. Seine Finger zitterten leicht, als er über die Seiten strich und

die Worte eines Chronisten las, der lange vor ihm
gelebt hatte.
Zu seiner Überraschung fand er ein Kapitel, das
von einem „Leuchten auf dem Berg" erzählte.
Die Aufzeichnung beschrieb, wie die frühen
Siedler eines Nachts ein „seltsames Leuchten" am
Himmel gesehen hatten, ein Licht, das sich der
Erde näherte und schließlich auf einem Hügel zur
Ruhe kam. Die Menschen hatten es als „Stern"
bezeichnet, doch die Beschreibungen passten
kaum zu einem Himmelsphänomen. Das Licht war
laut dem Chronisten mit lautlosem Dröhnen
herabgestiegen und hatte eine Kraft
ausgestrahlt, die die Bäume erzittern und die Tiere
fliehen ließ.
Herr Riedel war wie gebannt von dieser
Beschreibung und las weiter. Der Chronist schrieb,
dass die Siedler zunächst in Panik ausgebrochen
waren, doch ein paar mutige Männer waren
dem Licht gefolgt. Sie hatten gesehen, wie es auf
einem Berg gelandet war, und hatten sich
ehrfürchtig davor niedergeworfen. Doch das
Merkwürdige war: Keiner der Männer sprach
später darüber, was er in jener Nacht gesehen
hatte. Es war, als hätte das Ereignis sie in Bann
gehalten und sie zum Schweigen gebracht. Nur
ein paar verworrene Worte und Andeutungen
waren geblieben – Worte, die von einer
Begegnung mit dem „Leuchten" sprachen.
Riedel bemerkte, dass die Chronisten nie
ausdrücklich von „außerirdischen" Wesen oder
einer anderen Zivilisation sprachen. Der Begriff
war zu ihrer Zeit noch fremd, und dennoch war es
offensichtlich, dass diese Männer von etwas

sprachen, das über ihr Verständnis hinausging. Ein „leuchtender Stern", der auf die Erde niederging und den Menschen Wissen und – so schien es – eine Form von Macht hinterlassen hatte. Doch was bedeutete das? War dieses Wissen wirklich ein Geschenk gewesen? Oder hatten die frühen Menschen etwas erhalten, das nie für sie bestimmt war?

Riedel schloss das Buch und atmete tief durch. Dies war kein Märchen und keine bloße Legende. Zu präzise waren die Worte, zu detailreich die Beschreibungen. Er wusste, dass er etwas Bedeutendes gefunden hatte, ein Puzzleteil, das die Geschichte von Sternberg in einem neuen Licht erscheinen ließ.

Doch wie kam es, dass diese Geschichte so lange verborgen geblieben war? Es musste etwas geben, das die frühen Chronisten davon abhielt, alles zu dokumentieren. War es eine ungeschriebene Regel, eine Art „Schweigepflicht", die von Generation zu Generation weitergegeben wurde? Oder war es eine Furcht, die aus der Begegnung mit den Leuchtenden selbst herrührte? Riedel spürte, dass er noch lange nicht am Ende seiner Suche war.

In den folgenden Tagen verbrachte Riedel seine Zeit damit, jedes noch so kleine Detail über das Leuchten und die frühen Siedler aufzuspüren. Er las von Ritualen und Opfergaben, die die Bewohner Sternbergs angeblich für das Licht auf dem Berg darbrachten. Einige Aufzeichnungen sprachen von einer geheimen Gruppe, die sich als „Hüter des Sterns" bezeichnete und deren Aufgabe es war, das Wissen der Leuchtenden zu bewahren und zu schützen. Diese Gruppe, so die Legenden, bestand aus wenigen Auserwählten, die von den Leuchtenden selbst markiert worden waren – den „Sternenträgern".

„Sternenträger", murmelte Riedel, und seine Gedanken wirbelten. War es möglich, dass diese Menschen Träger eines Wissens waren, das nicht irdisch war? Dass sie – auf welche Weise auch immer – dazu bestimmt waren, eine Wahrheit zu bewahren, die über menschliches Verständnis hinausging? Eine Wahrheit, die von anderen Welten stammte?

Mit einem erneuten Schauer erkannte Riedel, dass er sich mitten in einer Geschichte befand, die zu enthüllen ihm verboten schien, und doch konnte er nicht widerstehen. Es war, als ob das Wissen selbst ihn rief, als ob das Licht auf dem Berg, das vor Jahrtausenden herabgesunken war, eine unsichtbare Kraft in die Welt gesendet hatte, die bis zu ihm, dem Chronisten der Gegenwart, reichte.

Er spürte eine neue Besessenheit, eine unstillbare Neugier, die ihn antrieb, jede Aufzeichnung, jedes Detail, jeden Hauch von Information zu durchleuchten. Er wusste, dass er an einem Abgrund stand, dass er das Geheimnis der Stadt Sternberg entschlüsseln konnte – wenn er nur tief genug grub.

Doch etwas in ihm warnte ihn. Was, wenn dieses Wissen ihn verzehrte? Was, wenn die Wahrheit, die er suchte, zu groß, zu gefährlich war, um sie ans Licht zu bringen?

In dieser Nacht saß Riedel lange wach und starrte in die Dunkelheit. Er wusste, dass er sich an einem

Punkt befand, von dem es kein Zurück mehr gab. Er hatte das Buch des Chronisten gelesen, die Geschichte der frühen Begegnungen, die überirdischen Mächte, die Spuren und das Erbe, das in Sternberg geblieben war. Und er wusste, dass der Stern auf dem Berg mehr war als nur eine Legende – er war ein Geheimnis, das seine eigene Existenz bedrohte.

Am nächsten Morgen nahm Riedel seine Notizen und machte sich bereit für den nächsten Schritt.

Kapitel 4: Uralte Zeichen und Symbole

Der Herbstregen prasselte schwer gegen die
Fenster der kleinen Stadtbibliothek, als Herr Riedel
in eine Welt eintauchte, die weder Anfang noch
Ende zu kennen schien. Seine Entdeckungen in
den Chroniken und Aufzeichnungen führten ihn
tiefer in eine Geschichte, die einerseits in ihre
eigene Zeit verstrickt war und andererseits alle
Vorstellungen von Zeit und Realität überstieg.
Was er bisher herausgefunden hatte,
verwandelte die ruhige Kleinstadt Sternberg in ein
Rätsel von kosmischem Ausmaß.
Riedel, der Chronist, der im Auftrag der
Gegenwart schrieb, hatte nun mit einer längst
vergessenen Vergangenheit zu kämpfen – und
mit der Frage, ob seine Entdeckungen jemals
veröffentlicht werden konnten oder sollten. Die
letzten Tage waren für ihn wie ein Nebel aus
seltsamen Erinnerungen vergangener
Jahrhunderte gewesen, und die Stimmen der
alten Chronisten flüsterten ihm noch immer in
Gedanken.
An diesem Morgen hatte er sich früh zur alten
Kapelle am Rande der Stadt begeben. Es hieß,
dass sich hier die ältesten Steine Sternbergs
befanden – in einem Fundament aus längst
vergessenen Zeiten. Die Kapelle war mehr als nur
ein Bauwerk. Ihr Untergeschoss war älter als alles,
was man sonst in der Stadt finden konnte.
Angeblich stammten die Fundamente aus einer
Zeit, bevor die ersten Chroniken verfasst wurden,
aus einer Epoche, die in der Erinnerung der Stadt
kaum noch greifbar war.

Die Kapelle lag verlassen da, eingehüllt in die Stille des Regens und des frühen Morgens. Riedel ging langsam auf das Gebäude zu, der Wind zerrte an seinem Mantel, und das Rascheln der Blätter mischte sich mit dem fernen Rauschen des Regens. Er wusste, dass er hier einen verborgenen Schatz finden könnte – etwas, das die Chronisten aus Angst oder Ehrfurcht in den tiefen Schatten dieser Mauern verborgen hielten.

Kaum hatte er die schwere Holztür geöffnet, umfing ihn ein dunkler, feuchter Geruch. Riedel knipste seine Taschenlampe an, deren Lichtkegel durch die schummrige Dunkelheit schnitt. Er wusste, dass er nach einem Zugang zu den tieferen Fundamenten suchen musste. Er hatte von geheimen Symbolen und Inschriften gehört, die angeblich dort verborgen waren – Zeichen, die die frühen Bewohner der Stadt hinterlassen hatten, Hinweise auf eine Begegnung, die ihre Vorstellung von der Welt für immer verändert hatte.

Nach einigem Suchen entdeckte er eine schmale Tür in der hintersten Ecke der Kapelle. Sie führte in ein Labyrinth aus Treppen und engen Korridoren, die hinab in die Tiefe führten. Der Weg war dunkel und eng, und die Luft roch modrig und schwer. Doch Riedel war entschlossen. Er hatte sich auf diese Suche eingelassen, und die Entdeckungen der letzten Tage trieben ihn voran wie ein unstillbarer Durst.

Er trat tiefer in die Dunkelheit, seine Schritte hallten durch den steinernen Gang, und schließlich stand er vor einer breiten, alten Wand, die in einer Nische versteckt war. Das Licht seiner

Taschenlampe enthüllte die Oberfläche: zerklüftet und rau, doch überzogen mit seltsamen Mustern und Linien. Sie waren verblasst, fast unsichtbar, doch ihre Fremdartigkeit war unverkennbar.

In feinen, schnörkeligen Linien waren Symbole und Figuren in den Stein geritzt, die auf den ersten Blick abstrakt wirkten – doch bei genauerem Hinsehen erkannte Riedel eine Struktur, die sich ihm nach und nach offenbarte. Die Formen schienen humanoid, doch verzerrt, fast fremdartig, mit langen, schlanken Gliedmaßen und Augen, die wie funkelnde Sterne dargestellt waren. Und dann entdeckte er ein Zeichen, das ihm die Kehle zuschnürte: Ein spiralförmiges Symbol, das sich wie ein endloses Muster über die gesamte Wand zog, umgeben von Punkten und Linien, die eine Art Sternenkarte bildeten.

Herr Riedel spürte einen Schauer über seinen Rücken laufen. Die Inschriften und Symbole wirkten vertraut und doch völlig unverständlich, wie eine Sprache, die seine tiefsten Instinkte berührte, ohne dass er sie wirklich verstand. Waren dies die Überreste der „Leuchtenden", jener Wesen, die in die frühen Chroniken Einzug gefunden hatten? War dies die Spur, die sie den Menschen hinterlassen hatten – eine Botschaft oder Warnung, die für Generationen unausgesprochen blieb?

Er tastete vorsichtig über den Stein und entdeckte feine Einkerbungen, die wie Symbole einer anderen Schrift wirkten. Vielleicht war dies die alte Sprache, von der die Chronisten immer nur in Rätseln sprachen. Sein Herz schlug schneller, als er die Linien verfolgte und das Gefühl hatte, dass die Zeichen selbst von einer fremden Energie zu leuchten schienen. Es war fast so, als hätte der Stein eine Art Lebendigkeit, als sei er in der Lage, die Erinnerungen jener Begegnung zu bewahren.

Plötzlich spürte er ein leichtes Zittern unter seinen Füßen, ein tiefes, fast lautloses Dröhnen, das wie ein fernes Echo aus den Eingeweiden der Erde zu ihm drang. Er erstarrte, seine Hände gegen die Wand gepresst, und lauschte. Es war, als würde die Erde selbst sprechen, als würde das Fundament der Stadt ein uraltes Geheimnis preisgeben wollen. Oder – und das war eine beängstigende Vorstellung – als würde etwas Lebendiges tief unter Sternberg erwachen.

„Ist es das, was die frühen Chronisten zu verschweigen versuchten?" murmelte Riedel leise, seine Stimme kaum mehr als ein Flüstern. „Ein Wissen, das die Menschheit nicht verstehen darf?"

Langsam zog er sein Notizbuch heraus und begann, die Symbole und Zeichnungen auf der Wand zu skizzieren. Jeder Strich, jede Linie, die er in sein Buch übertrug, fühlte sich an wie ein Puzzlestück, das ihn tiefer in das Geheimnis um die Stadt zog. Doch gleichzeitig spürte er eine Last, als ob diese Zeichen ihm nicht gehören sollten, als ob er etwas ergriffe, das nicht für ihn bestimmt war.

Nach einer Stunde des konzentrierten Arbeitens trat er zurück, betrachtete seine Zeichnungen und versuchte, eine Struktur in den Symbolen zu erkennen. Die spiralförmigen Muster schienen nicht nur Dekoration zu sein, sondern ein Hinweis – vielleicht auf die Reise dieser Wesen, vielleicht auf ihre Herkunft. Es war, als ob die Linien und Kreise eine Karte bildeten, eine Art Wegweiser, der ihn tiefer in das Mysterium lockte.

Dann fiel ihm eine Stelle ins Auge, die er zuvor übersehen hatte. Ein Zeichen, das wie ein Stern mit einem stilisierten Berg darunter gezeichnet war – ein Symbol, das so simpel und doch so bedeutungsschwer war. Der „Stern auf dem Berg", dachte er. Das war die geheime Botschaft, die Spur, die die Leuchtenden den ersten Siedlern hinterlassen hatten. Eine Botschaft, die in den Gesteinsschichten der Stadt fortlebte und sich wie ein Schatten durch die Jahrhunderte zog.

Riedel verließ die Kapelle mit einem Gefühl, als hätte er gerade die Schwelle zu einer anderen Welt überschritten. Die Luft schien schwerer, die Geräusche der Stadt ferner, und er hatte das unheimliche Gefühl, beobachtet zu werden. Ein Schaudern durchlief ihn, und er blickte noch einmal zurück auf die düstere Silhouette der Kapelle.

Was er entdeckt hatte, war ein Geheimnis von kosmischer Bedeutung, das ihm die Gewissheit nahm, die er einst über die Menschheitsgeschichte hatte. Was, wenn die Begegnung mit den Leuchtenden tatsächlich geschehen war? Was, wenn diese Wesen nicht nur Wissen hinterlassen hatten, sondern eine Spur, die sich tief in die Substanz von Sternberg eingebrannt hatte?

Diese Erkenntnis brannte sich in sein Bewusstsein ein. Er wusste, dass er weitersuchen musste – doch ein Teil von ihm spürte, dass diese Suche ihn an einen Abgrund führen würde, von dem es kein Zurück mehr gab.

Herr Riedel stand still in der grauen Dämmerung und ließ den Regen auf sich herabfallen, die letzten Worte des Chronisten noch in seinen Gedanken hallend: „Dies ist kein Wissen für Sterbliche. Dies ist das Erbe der Sterne."

Kapitel 5: Das verschwundene Chronistenbuch

Die Entdeckung in der Kapelle hatte Herrn Riedel nicht losgelassen. Die Symbole, die er kopiert hatte, verfolgten ihn in seinen Gedanken, und jede Linie, jeder Kreis und jede spiralförmige Form schien eine verschlüsselte Botschaft zu sein. Er hatte sich bis tief in die Nacht hinein mit seinen Aufzeichnungen beschäftigt, und sein Notizbuch war inzwischen voll von Skizzen, Hypothesen und Fragen, die sich wie ein unaufhörlicher Strom aus ihm heraus ergossen hatten. Doch etwas Entscheidendes fehlte ihm noch, ein Element, das die Verbindung zwischen den mysteriösen „Leuchtenden", den frühen Siedlern und dem heutigen Sternberg herstellte.

Die Chroniken und Aufzeichnungen, die er bisher gesichtet hatte, schienen bewusst lückenhaft zu sein. Herr Riedel konnte sich des Eindrucks nicht erwehren, dass wichtige Teile der Geschichte absichtlich verschwiegen oder sogar entfernt worden waren. Einige Hinweise, die er gefunden hatte, deuteten auf ein weiteres, besonders altes Chronistenbuch hin – ein Werk, das angeblich tiefergehende Aufzeichnungen enthielt und eine detaillierte Beschreibung des „Leuchtens" und der „Wächter" von Sternberg bot.

Doch das Buch war verschwunden. Niemand hatte es seit Jahrhunderten gesehen, und es schien, als hätte die Familie Meißner selbst wenig Interesse daran gehabt, danach zu suchen. Aber Herr Riedel konnte die Existenz dieses Buches nicht einfach ignorieren. Wenn es tatsächlich existierte, konnte es Antworten auf Fragen liefern, die selbst die ältesten Chronisten nur andeuteten. Es musste irgendwo sein.

In den folgenden Tagen suchte er die Stadt nach Hinweisen auf das verlorene Buch ab. Er sprach mit den letzten verbliebenen Mitgliedern der Familie Meißner und anderen alteingesessenen Familien, las jede noch so unscheinbare Chronik und studierte verschollene Archive der Stadtverwaltung. Nach und nach erfuhr er, dass das Buch einst in einem geheimen Raum des alten Stadthauses aufbewahrt worden war – einem Raum, der längst versiegelt und vergessen worden war.

Das Stadthaus, so erklärte man ihm, hatte sich über die Jahrhunderte verändert. Einst war es eine Festung gewesen, ein Schutzort für die frühen Bewohner Sternbergs, und im Kellergewölbe befanden sich angeblich geheime Räume und Tunnel, die in die Tiefe führten. Doch viele dieser Tunnel waren verschüttet, und die meisten Zugänge waren heute unzugänglich. Riedel wusste, dass das Stadthaus der Schlüssel sein musste. Er beschloss, in einer Nacht und Nebel-Aktion zu handeln. Es gab Gerüchte, dass einige der ältesten Mauern unter dem Haus noch zu erreichen waren und sich ein Zugang zu den verschütteten Räumen dort verbergen könnte. Er spürte, dass dies seine einzige Chance war, das verlorene Buch zu finden und damit die letzten Geheimnisse des Sternbergs zu entschlüsseln.

Es war spät in der Nacht, und die Straßen Sternbergs lagen still und verlassen da, als Riedel sich in Richtung des Stadthauses begab.

Ausgestattet mit einer kleinen Tasche voller
Werkzeuge und einer starken Taschenlampe
schlich er durch die Seitengasse, die zum alten
Zugang des Stadthauses führte. Der Wind war
kühl und trug den Duft von feuchtem Moos und
altem Stein mit sich – eine Erinnerung daran, wie
alt und geheimnisvoll dieser Ort war.
Er hatte die Tür, die in die Kellergewölbe führte,
im Voraus entriegelt, und mit einem leisen
Knarren öffnete er sie und trat in die kühle,
modrige Dunkelheit. Der Raum war eng und von
alten Steinsäulen durchzogen, die das Gewicht
der darüber liegenden Mauern trugen. Riedel
fühlte sich wie ein Eindringling in eine Welt, die für
die Augen der Gegenwart nicht bestimmt war.
Doch er wusste, dass er hier sein musste. Jede
Zelle seines Körpers schien darauf zu drängen,
das Geheimnis endlich zu enthüllen.
Vorsichtig tastete er sich durch den Raum, und
seine Taschenlampe schnitt wie ein schmaler
Lichtstrahl durch die Schwärze. Nach einigem
Suchen fand er eine kleine, verschlossene Tür, die
mit schweren Eisenbeschlägen versehen war. Ein
alter Schlüssel, den er zuvor bei der Familie
Meißner entdeckt hatte, passte perfekt. Mit
einem leisen Ruck öffnete er die Tür, und ein
Hauch von abgestandener Luft schlug ihm
entgegen.
Vor ihm lag ein Korridor, der tief in den
Untergrund führte. Die Wände waren roh und
unbehauen, als hätten sie nie den Anschein eines
Wohnraumes erwecken sollen. Riedel ging
vorsichtig weiter, und seine Schritte hallten
gespenstisch in der Stille wider. Der Gang führte

ihn zu einer kleinen Kammer, die wie ein verborgener Schrein wirkte. Und dort, mitten im Raum, auf einem steinernen Podest, lag ein Buch – alt, verstaubt und schwer von den Jahrhunderten, die es hier verborgen gelegen hatte.

Sein Herz schlug schneller, als er das Buch behutsam in die Hände nahm. Der Einband war rau, und das Leder war an vielen Stellen gebrochen, doch die Worte „Chronik des Sternbergs" waren noch deutlich lesbar. Riedel öffnete das Buch und begann, die ersten Seiten zu lesen, seine Augen gebannt von den Worten, die ihm eine Welt voller Geheimnisse eröffneten. Die Aufzeichnungen stammten von einem Chronisten, dessen Name aus den Geschichtsbüchern verschwunden war – ein Mann, der sich selbst als „der letzte Hüter des Sternbergs" bezeichnete. Er beschrieb Ereignisse, die die späteren Chronisten nur vage andeuteten. Die frühen Siedler, schrieb er, hatten in dieser Kammer die letzten Zeichen des „Sterns auf dem Berg" bewahrt, und sie hatten geschworen, das Wissen an niemanden weiterzugeben, der nicht selbst in den Kreis der Hüter aufgenommen worden war.

Doch das war erst der Anfang. Der Chronist beschrieb auch die Begegnung mit den „Leuchtenden" – Wesen, die angeblich aus einem fernen Sternensystem stammten und die Erde als eine Art Experimentierfeld nutzten. Sie hätten Wissen gebracht, das weit über das menschliche Verständnis hinausging, und sie

hätten den Menschen von einer Zeit berichtet, die älter war als jede Geschichte, die wir kennen. „Die Leuchtenden kamen, um uns zu führen", schrieb der Chronist, „doch ihr Licht war zu stark für die Augen der Sterblichen. Sie zeigten uns Dinge, die wir nicht begreifen konnten, und ließen uns mit einem Wissen zurück, das unser Verständnis überstieg."
Herr Riedel konnte die Bedeutung dieser Worte kaum fassen. Hatte Sternberg wirklich Besuch von Wesen gehabt, die nicht von dieser Erde stammten? War diese Stadt ein Ort, an dem Wissen und Technologie hinterlassen worden waren, die den Menschen verwehrt blieben?
Der Chronist beschrieb weiterhin, wie die frühen Siedler darauf bestanden hatten, das Wissen der Leuchtenden als ein Geheimnis zu bewahren. Sie glaubten, dass die Menschheit nicht bereit war, das Erbe der Leuchtenden zu verstehen, und sie fürchteten die Konsequenzen, wenn dieses Wissen missbraucht würde. Daher hatten sie beschlossen, alle Aufzeichnungen zu vernichten – bis auf dieses eine Buch, das die Wahrheit enthielt.
Riedel blätterte weiter und entdeckte schließlich eine Art Karte, die in die Seiten des Buches gezeichnet war. Sie zeigte einen Weg durch ein unterirdisches System von Tunneln und Gängen, die unterhalb von Sternberg verliefen. Am Ende der Karte war ein Symbol eingezeichnet, das Riedel an die fremdartigen Inschriften erinnerte, die er in der Kapelle gesehen hatte. Es war das Symbol eines leuchtenden Sterns, der von einem Berg getragen wurde.

Riedel spürte eine Gänsehaut. Dies war der Beweis, nach dem er gesucht hatte. Der Stern auf dem Berg war mehr als eine Legende – er war ein Geheimnis, das in die Eingeweide der Stadt eingelassen war, und die Tunnel, die vor ihm lagen, führten ihn zu dieser Wahrheit.
Er schloss das Buch und atmete tief durch. Vor ihm lag ein Weg, der nicht nur in die Vergangenheit, sondern in eine andere Welt führte. Und mit einem letzten Blick auf die Karte beschloss er, den Tunneln zu folgen, die ihn zum Ursprung des Geheimnisses von Sternberg führen würden.

Kapitel 6: Der verschlossene Zugang

Die Geheimnisse, die Herr Riedel im „verschollenen Chronistenbuch" entdeckt hatte, brannten sich in sein Gedächtnis wie unauslöschliche Spuren. Die Karte, die alten Symbole und die rätselhaften Inschriften, die von den „Leuchtenden" berichteten, hielten ihn in einem Bann, den er nicht mehr abschütteln konnte. Vor ihm lag die Möglichkeit, das letzte große Geheimnis Sternbergs zu enthüllen – eine Wahrheit, die verborgen geblieben war, weil die Menschen geglaubt hatten, dass die Welt noch nicht bereit für sie sei.

In den nächsten Tagen bereitete er sich sorgfältig auf seine Erkundung vor. Der Zugang, den er anhand der Karte zu erkennen glaubte, lag in einem der ältesten Bereiche der Stadt, einem Ort, der nur noch selten besucht und fast vergessen schien. Hier, in der Nähe der verfallenen Stadtmauern und einer uralten Ruine, sollte der Eingang in das Tunnelsystem liegen, das ihn direkt in die Tiefe führen würde.

Mit jedem Schritt, den er sich diesem Zugang näherte, wuchs in ihm ein Gemisch aus Anspannung und Aufregung. Die Luft war schwer und schien von der Erinnerung an die Jahrhunderte zu zeugen, die vergangen waren, seit die ersten Menschen diese Tunnel betreten hatten. Er konnte die Geschichten förmlich spüren, die zwischen den alten Steinen und moosbewachsenen Mauern verborgen lagen. Nach einiger Suche fand er eine halb verfallene Tür, die so unscheinbar wirkte, dass sie leicht übersehen werden konnte. Die Karte hatte ihn jedoch direkt hierher geführt, und die Symbole auf der verblichenen Wand neben der Tür entsprachen denen im Buch. Herr Riedel zögerte einen Moment, bevor er die Hand ausstreckte und die rostige Klinke umfasste. Ein leises Knirschen erfüllte die Stille, als die Tür nachgab und sich öffnete.

Vor ihm lag ein schmaler, dunkler Tunnel, dessen Wände von alten Steinen eingefasst und von Ranken und Spinnweben überzogen waren. Der Geruch von feuchter Erde und altem Moos drang ihm in die Nase und erinnerte ihn daran, dass dies ein Ort war, den die Zeit selbst vergessen hatte. Er schaltete seine Taschenlampe ein, und der Lichtstrahl schnitt durch die Dunkelheit, die vor ihm lag.

Langsam betrat er den Tunnel, seine Schritte hallten gespenstisch wider, und er konnte das leise Tropfen von Wasser irgendwo in der Ferne hören. Die Wände waren teilweise mit Inschriften bedeckt, die dieselben fremdartigen Muster zeigten, die er in der Kapelle und im Chronistenbuch gefunden hatte. Die Formen und Symbole schienen Geschichten zu erzählen, die sich ihm jedoch noch immer nicht erschlossen. Sie waren wie eine Sprache, die nur darauf wartete, entziffert zu werden.

Nach etwa einer Stunde des Weges durch das Gewirr der Tunnel erreichte er eine breite Kammer. Sie wirkte wie eine Art Versammlungsort – oder vielleicht ein Heiligtum, das den Leuchtenden gewidmet war. An den Wänden waren Zeichnungen und Symbole eingraviert, die

eine Szene darstellten, die so surreal war, dass
Riedel für einen Moment den Atem anhielt.
Die Gravuren zeigten Menschen, die um ein
strahlendes, sternförmiges Objekt herumstanden,
das über einem Berg schwebte. Die Menschen
streckten ihre Hände nach dem Licht aus, und
einige schienen von diesem „Stern" berührt zu
werden. Doch daneben waren andere Wesen
dargestellt – hochgewachsene, schlanke
Gestalten mit großen, leuchtenden Augen und
einer Aura, die wie Lichtstrahlen von ihnen
ausging. Es waren die Leuchtenden. Herr Riedel
konnte spüren, dass dies die Darstellung jener
Begegnung war, die den frühen Bewohnern
Sternbergs das Wissen und die Zeichen
hinterlassen hatte.
Er tastete über die kalte Oberfläche der Wand
und fühlte das Relief der Zeichnungen. Hier, tief
unter der Erde, lag die Wahrheit, die
jahrhundertelang verborgen geblieben war. Er
war an einem Ort, der von einer fremden Energie
durchzogen schien, und das Gefühl, dass diese
Wesen einst hier gewesen waren, war
überwältigend.
Am hinteren Ende der Kammer entdeckte er
einen weiteren Durchgang, diesmal etwas
niedriger und schmaler. Er drückte sich hindurch
und gelangte in einen engeren Tunnel, der nach
kurzer Zeit abrupt endete. Vor ihm lag eine
massive Tür aus Metall – eine Konstruktion, die
weder zur Zeit der frühen Siedler noch zur
späteren Bauweise der Stadt passte. Der
Türrahmen war mit den gleichen spiralförmigen

Symbolen versehen, und in der Mitte prangte das
Symbol des leuchtenden Sterns auf dem Berg.
Herr Riedel konnte es kaum glauben. Das musste
der Zugang zum letzten Geheimnis Sternbergs
sein – zum Ort, an dem die „Leuchtenden" ihre
Spuren hinterlassen hatten. Sein Herz klopfte, und
seine Hände zitterten leicht, als er die Hand auf
das Symbol legte. Plötzlich begann die Tür zu
vibrieren, und ein leises, dröhnendes Geräusch
erfüllte den Tunnel. Staub rieselte von der Decke,
und ein leuchtender Spalt erschien in der Mitte
der Tür.
Langsam schob sich die Tür auf und gab den
Blick in einen Raum frei, dessen Anblick Herrn
Riedel den Atem raubte. Der Raum war in ein
sanftes, bläuliches Licht getaucht, das von
Kristallen in den Wänden ausgestrahlt wurde. In
der Mitte des Raumes lag ein metallisches, ovales
Objekt – das Raumschiff der „Leuchtenden". Es
war intakt, als wäre es erst vor wenigen Stunden
hier gelandet.
Herr Riedel trat vorsichtig näher und betrachtete
das Objekt, das so vollkommen fremd und
gleichzeitig faszinierend wirkte. Seine Oberfläche
war glatt, ohne jede erkennbare Naht oder
Schraube, und sie reflektierte das Licht der
Kristalle in schimmernden Farben. Dieses Schiff
war der Ursprung von allem – der Grund, warum
Sternberg gegründet wurde und warum die
frühen Siedler diesen Ort heilig hielten.
Er legte vorsichtig eine Hand auf die kalte
Metalloberfläche und spürte eine leichte
Vibration, als ob das Schiff noch lebendig war. Es
war, als ob das Raumschiff ihn willkommen hieß,

als ob es darauf gewartet hatte, entdeckt zu werden. Und dann bemerkte er etwas Seltsames: Ein Schwarm von Lichtern begann, sich unter der Oberfläche zu bewegen, wie winzige Sterne, die in langsamen Bahnen rotierten und pulsierend aufleuchteten.

Plötzlich begann sich die Luft um ihn zu verändern. Das Licht der Kristalle wurde intensiver, und Herr Riedel hatte das Gefühl, als wäre er nicht mehr allein. Eine Präsenz, eine Art Bewusstsein, schien sich im Raum zu manifestieren, und ein leises Summen erfüllte die Stille. Es war, als hätte das Schiff selbst eine Art lebendige Seele, die sich ihm nun offenbarte.

„Du bist hier, weil du Antworten suchst", schien eine Stimme in seinem Kopf zu flüstern. Es war kein Laut, sondern ein Gefühl, eine Gewissheit, die ihn durchströmte. „Du bist hier, weil du das Wissen trägst, das wir dir hinterlassen haben."

Er stand wie versteinert da, unfähig, sich zu bewegen. Die Stimme – oder vielmehr das Gefühl – drang tiefer in sein Bewusstsein ein und enthüllte Bilder und Gedanken, die nicht von ihm stammten. Er sah die Leuchtenden, wie sie auf der Erde landeten, sah, wie sie den Menschen das Wissen und die Symbole hinterließen, die sie schützen und leiten sollten. Sie hatten eine Verbindung geschaffen, eine Art Erbe, das von den frühen Chronisten bewahrt und geschützt wurde.

Dann, genauso plötzlich wie es begonnen hatte, verstummte das Licht, und das Summen verschwand. Der Raum war wieder still, und Herr Riedel stand allein in der Kammer, das Raumschiff

vor ihm, dessen Lichter nun ruhig und still unter
der Oberfläche schimmerten.
Langsam trat er zurück, sein Herz pochte laut in
seiner Brust. Er wusste nun, dass er etwas
Außergewöhnliches entdeckt hatte, etwas, das
die Welt für immer verändern würde. Und doch
spürte er auch eine tiefe Beklommenheit, eine
Ahnung, dass dieses Wissen mächtig und
gefährlich war. Vielleicht hatten die frühen
Chronisten recht gehabt, als sie beschlossen,
dieses Geheimnis zu bewahren.
Er wusste, dass er diese Entdeckung niemandem
würde verschweigen können – nicht einmal dem
Bürgermeister von Sternberg. Der Gedanke, dass
die Menschheit endlich die Wahrheit erfahren
könnte, erfüllte ihn mit einer Mischung aus Stolz
und Furcht.
Er schloss die Tür hinter sich, den Blick noch
einmal auf das Raumschiff gerichtet, bevor er
den Rückweg antrat.

Kapitel 7: Die Wahrheit im Tunnel

Die Entdeckung des Raumschiffs hatte Herrn Riedel zutiefst verändert. Sein Geist war wie aufgeladen, die Welt, die ihm zuvor klar und einfach erschienen war, schien nun voller Geheimnisse, deren Ausmaß er kaum fassen konnte. Das Wissen, das er im verborgenen Tunnelsystem gefunden hatte, war überwältigend, und das Bild des stillen, fremdartigen Raumschiffs, das in der Tiefe von Sternberg verborgen lag, brannte sich wie ein lebendiger Traum in sein Gedächtnis ein.
Doch nun musste er das, was er gesehen hatte, verstehen. Er wusste, dass es mehr als nur ein Raumschiff war – es war ein Schlüssel zu einer Geschichte, die die Menschheit nie erfahren sollte, und die seit Jahrhunderten unter der Erde darauf wartete, entdeckt zu werden. Die Schriften des alten Chronisten und die Inschriften in den Tunneln hatten ihm bereits einen Einblick gegeben. Doch jetzt wollte er die letzten Geheimnisse entschlüsseln und verstehen, warum die Leuchtenden gekommen waren und was sie der Stadt wirklich hinterlassen hatten.
An den folgenden Tagen wagte er sich immer wieder in das Tunnelsystem zurück, erkundete Kammern, die ihm zuvor entgangen waren, und studierte die Symbole und Zeichnungen an den Wänden mit unermüdlicher Genauigkeit. Jede Linie, jeder Kreis schien nun eine Bedeutung zu haben. Es war, als ob die Zeichen auf ihn gewartet hatten, ihm nun nach und nach ihr Wissen preisgaben.

In einer der hintersten Kammern, nahe der großen Halle, die er bereits entdeckt hatte, fand Riedel eine weitere Inschrift. Diese war größer und komplexer als die vorherigen. Sie zeigte nicht nur die Leuchtenden und die Menschen, sondern eine Art Konstrukt aus Linien und Formen, das wie eine Karte des Kosmos wirkte. Sie war in Spiralen gezeichnet, die sich immer weiter nach außen bewegten und auf ein Zentrum zuführten – ein Zentrum, das von einer kugelförmigen Form dargestellt wurde, die seltsam vertraut wirkte.

Er fühlte, dass dies eine Art Geschichte war, ein Erbe, das die Leuchtenden zurückgelassen hatten, eine Botschaft, die die Menschen entschlüsseln sollten. Die Spiralen symbolisierten vielleicht ihre Reise, ihre Ankunft auf der Erde und die Verbindung, die sie zu den Menschen aufgebaut hatten. Doch war es eine Warnung? Ein Versprechen? Oder einfach nur ein Symbol für ihre Herkunft und das Wissen, das sie hinterlassen hatten?

Er begann die Zeichen in sein Notizbuch zu übertragen und skizzierte die Karte, die Linien und die Figuren, die ihn an Planeten und Sterne erinnerten. Immer wieder fiel sein Blick auf das Zentrum der Karte, das ihm vertraut und fremd zugleich erschien. Dann, wie ein Blitz, erkannte er, was er da sah: Es war die Erde. Die Leuchtenden hatten ihre Reise bis zur Erde auf diesem Relief verewigt, und sie hatten ihre Geschichte für die zukünftigen Bewohner zurückgelassen – vielleicht als Mahnung, vielleicht als Einladung, vielleicht als unbegreifliches Rätsel.

Eine Vision aus der Vergangenheit

Während Herr Riedel die Linien des Reliefs verfolgte, spürte er ein seltsames Ziehen in seinem Geist. Es war, als ob die Symbole ihn in einen tranceartigen Zustand versetzten. Die Luft um ihn herum fühlte sich plötzlich anders an, schwer und dicht, und er nahm ein leises Summen wahr, das aus der Tiefe der Tunnelsysteme zu kommen schien. Dann spürte er ein Flimmern in seinen Gedanken, ein Bild, das sich vor seinen Augen formte.

Vor seinem inneren Auge sah er eine Landschaft – die Erde, doch eine Erde, die er nicht kannte. Weite Ebenen, majestätische Berge und ein sternenklarer Himmel, der von einem Licht erhellt wurde, das kein Mensch je gesehen hatte. Und dann kamen sie, die Leuchtenden. Ihre Gestalten schwebten in einer Art leuchtenden Kapsel über der Landschaft, und sie blickten auf die Erde herab, als würden sie sie in all ihrer Schönheit und Unergründlichkeit erforschen. Es war, als wäre die Erde für sie ein kostbares Juwel, ein Ort voller Möglichkeiten und Geheimnisse, die darauf warteten, entdeckt zu werden.

Er sah, wie die Leuchtenden sich der Erde näherten, wie sie langsam herabschwebten und schließlich auf einem Berg landeten – auf dem Sternberg, dem Ursprung der Stadt, die er so gut kannte. Die Leuchtenden schienen friedlich und weise, ihre Blicke waren voller Neugier, aber auch voller tiefer Einsicht. Sie beobachteten die Menschen, die sich um sie versammelten, und ließen ein Licht aus ihrer Kapsel erstrahlen, das die

Menschen berührte und sie wie in einen Bann
zog.
Dann verschwammen die Bilder, und Herr Riedel
fand sich wieder in der Dunkelheit des Tunnels,
das Summen verstummte, und das Flimmern in
seinen Gedanken ließ nach. Doch die Vision, die
er gesehen hatte, war so lebendig, dass er kaum
glauben konnte, dass sie nicht real war. Es war,
als hätten die Symbole ihn zu einer Art Wissen
geführt, das nicht von dieser Welt war – einem
Wissen, das in seinem Inneren ein Echo
hinterlassen hatte.

Die letzte Entdeckung

Herr Riedel wusste, dass er nun alles verstanden
hatte. Die Leuchtenden hatten die Erde besucht,
sie hatten den Menschen ein Wissen hinterlassen,
das weit über das hinausging, was sie begreifen
konnten. Doch dieses Wissen war gefährlich, und
die frühen Siedler hatten es instinktiv verstanden.
Sie hatten geschworen, die Geheimnisse der
Leuchtenden zu bewahren und nie darüber zu
sprechen. Nur die Chronisten waren eingeweiht,
und selbst sie hatten sich verpflichtet, das Wissen
in Dunkelheit zu hüllen.
Er wusste, dass er die Welt über seine Entdeckung
informieren musste. Die Menschheit sollte
erfahren, dass sie nicht allein war und dass es
Wesen gab, die vor ihnen auf der Erde gewesen
waren. Er hatte das Gefühl, dass diese Wahrheit
die Menschheit verändern könnte, dass die
Geschichten der Vergangenheit die Zukunft neu
formen könnten.

Mit dieser Überzeugung verließ er das
Tunnelsystem und trat hinaus in die Nacht. Der
Himmel war klar, und die Sterne funkelten hell. Sie
wirkten wie stille Zeugen, die auf seine
Entdeckung warteten, wie das Licht der
Leuchtenden, das ihn auf seine Suche geführt
hatte.
Er beschloss, den Bürgermeister von Sternberg
über alles zu informieren. Dies war nicht nur sein
Geheimnis, sondern ein Erbe, das der Menschheit
gehörte. Die Wahrheit musste ans Licht gebracht
werden.

Ein verhängnisvolles Treffen

Am nächsten Morgen suchte er den
Bürgermeister auf, der erstaunt und zugleich
beunruhigt war, als Herr Riedel ihm von seiner
Entdeckung berichtete. Der Bürgermeister
lauschte aufmerksam, doch je mehr Riedel ihm
erzählte, desto finsterer wurde dessen Blick. Als
Riedel den Fund des Raumschiffs und die
Inschriften erwähnte, die von den Leuchtenden
erzählten, erhob sich der Bürgermeister und trat
ans Fenster, die Hände fest hinter dem Rücken
verschränkt.
„Herr Riedel," sagte der Bürgermeister mit einer
kühlen, fast bedrohlichen Stimme, „was Sie mir
hier erzählen, ist – wie soll ich sagen –
außergewöhnlich. Doch nicht alles, was entdeckt
wird, sollte auch an die Öffentlichkeit gelangen."
Riedel sah ihn verblüfft an. „Aber das ist von
globaler Bedeutung! Die Menschheit muss die
Wahrheit erfahren!"

Der Bürgermeister drehte sich um und fixierte Riedel mit einem Blick, der keinen Widerspruch duldete. „Es gibt Kräfte, Herr Riedel, die an der Ordnung dieser Welt festhalten. Sie werden diese Informationen nicht einfach so preisgeben dürfen."

Mit diesen Worten rief der Bürgermeister einen Assistenten herein, der wortlos ein Telefon überreichte. Noch ehe Herr Riedel reagieren konnte, hörte er den Bürgermeister Anweisungen geben – Anweisungen, die von Agenten sprachen, von „Sicherheitsmaßnahmen" und der „unverzüglichen Rückführung" von „Objekten nationaler Relevanz". Riedel erkannte die Bedrohung und wich einen Schritt zurück, doch es war zu spät.

„Herr Riedel," sagte der Bürgermeister leise, „Sie haben zu viel gesehen und wissen zu viel."

Noch am selben Tag, in einem verlassenen Teil der Stadt, wurde Herr Riedel von Agenten des Geheimdienstes aufgespürt. Der Mann, der die Wahrheit gefunden hatte, die das Schicksal der Menschheit hätte verändern können, wurde zum Schweigen gebracht. Die letzte Erinnerung an die Leuchtenden und ihr Vermächtnis ging mit ihm verloren.

Sternberg blieb, wie es immer gewesen war, eine kleine, unscheinbare Stadt – doch tief in den Tunneln, verborgen vor den Augen der Welt, wartete das Raumschiff der Leuchtenden weiter, sein Wissen im Dunkel der Zeit verborgen.

Kapitel 8: Die Erben der Leuchtenden

Einige Monate waren vergangen, seit Herr Riedel
in einem anonymen Zeitungsartikel als „vermisst"
erklärt worden war. Die Stadtbewohner schienen
das Geschehene schnell zu vergessen, und die
Geheimnisse der alten Tunnel, das Raumschiff
und die Geschichte der Leuchtenden blieben im
Dunkel verborgen. Doch es gab jemanden, der
Herr Riedels Spuren aufnehmen würde.
Sophie Meißner, die jüngste Nachfahrin der
Meißner-Familie, war keine typische
Sternbergerin. Die Familie Meißner war seit
Generationen für ihre Pflichtbewusstsein bekannt,
aber Sophie hatte sich immer schon als
Außenseiterin gefühlt, die an die alten
Geschichten und Legenden glaubte, die ihre
Großmutter ihr erzählt hatte. Herr Riedel, der alte
Chronist, war für sie eine Art Mentor gewesen,
und sein plötzlicher „Verschwinden" ließ sie keine
Ruhe.
Als sie die Nachricht von seinem Verschwinden
las, ahnte sie, dass etwas nicht stimmte. Sie
erinnerte sich an seine oft geheimnisvollen
Andeutungen und das Feuer in seinen Augen,
wenn er über die „verbotenen Wahrheiten"
sprach, die tief in den Fundamenten Sternbergs
verborgen waren. Sophie begann, seine
Aufzeichnungen zu durchsuchen, um zu
verstehen, was ihn so fasziniert hatte – und
warum er plötzlich verschwunden war.
In einem alten Notizbuch, das sie im Archiv ihres
Großvaters fand, entdeckte sie handschriftliche
Aufzeichnungen von Herrn Riedel. Es waren

Skizzen der Tunnel, Beschreibungen des „verlorenen Chronistenbuchs" und Notizen über eine „uralte Verbindung" zwischen den frühen Siedlern und einer fremdartigen Macht. Sophie fühlte, dass diese Aufzeichnungen ein Wegweiser waren – ein Leitfaden, der sie zu der Wahrheit führen würde, die Herr Riedel gefunden und dafür sein Leben geopfert hatte.

Ein neuer Weg in die Tiefe

Die nächsten Tage verbrachte Sophie damit, die Karte der Tunnel zu studieren und ihre eigenen Pläne zu schmieden. Sie wusste, dass sie das Wissen weitertragen musste, das Herr Riedel mit seiner Entdeckung hinterlassen hatte. In einer sternlosen Nacht, als die Stadt in völliger Dunkelheit lag, begab sich Sophie zur alten Kapelle, jenem Ort, den auch Herr Riedel besucht hatte und in dessen Kellergewölben er die ersten Spuren entdeckt hatte.
Sie öffnete die schwere Holztür und stieg die alten Stufen hinab. Das Licht ihrer Taschenlampe warf lange Schatten an die Wände, und der modrige Geruch schien die Zeit selbst in sich zu tragen. Doch Sophie spürte eine Stärke in sich, die sie vorwärts trieb. Sie fand die Kammer mit den Inschriften und Zeichen und begann, sie zu lesen, als ob sie die verlorene Sprache der Leuchtenden intuitiv verstand.
Das spiralförmige Muster, das Herr Riedel kopiert hatte, erzählte ihr von einer Reise, einem Licht, das den Himmel durchquerte und auf der Erde landete. Sie verstand, dass dies eine Art Erbe war

– ein Wissen, das die Leuchtenden
weitergegeben hatten, und das nur von den
Auserwählten verstanden werden konnte. Sie
erkannte, dass dies keine Warnung, sondern eine
Einladung war. Die Leuchtenden hatten ihre
Spuren hinterlassen, um den Menschen die
Möglichkeit zu geben, das Universum zu
verstehen und über sich hinauszuwachsen.

Das Schicksal der Hüter

Sophie fühlte sich nun als Teil eines größeren
Plans, als Teil einer langen Kette von Chronisten
und Hütern, die seit Jahrhunderten das Wissen
der Leuchtenden bewahrten. Doch während sie
die Inschriften und Symbole weiter entschlüsselte,
wurde ihr klar, dass es nicht nur darum ging,
dieses Wissen zu schützen – es ging darum, es zu
bewahren und irgendwann weiterzugeben. Die
Leuchtenden hatten die Menschheit nicht zufällig
gewählt; sie hatten einen Funken in den
Menschen gesehen, einen Funken des Wissens
und der Neugier, der zu Größerem führen könnte.
Am hinteren Ende der Kammer entdeckte sie
eine weitere kleine Tür, die in einen engeren
Tunnel führte. Sie folgte ihm, ihre Schritte hallten
durch die Dunkelheit, bis sie in eine verborgene
Kammer kam, die Herr Riedel offenbar nie
gefunden hatte. Hier waren weitere Inschriften –
sie schienen die Geschichte der Leuchtenden
fortzusetzen. Sie erzählten von einem Erbe, das
die Leuchtenden der Menschheit hinterlassen
hatten, von einem „Schlüssel" zu einem Wissen,

das nicht nur die Vergangenheit erklärte, sondern
auch die Zukunft beeinflussen könnte.
Sophie erkannte, dass der Schlüssel nicht physisch
war; es war das Bewusstsein, das Verständnis, das
tiefere Wissen um die Verbundenheit des
Universums. Die Leuchtenden hatten Sternberg
als einen besonderen Ort auserkoren – einen Ort,
an dem das Wissen über Generationen hinweg
bewahrt und gepflegt werden sollte.

Der Pakt der Zukunft

Mit einem erneuten Gefühl der Entschlossenheit
verließ Sophie die Kammer und schwor sich, die
Wahrheit von Herrn Riedel und der Leuchtenden
weiterzutragen. Doch sie wusste auch, dass dies
ein gefährliches Wissen war, eines, das nicht von
den Mächtigen dieser Welt verstanden werden
konnte. Der Bürgermeister und seine geheimen
Kontakte hatten alles daran gesetzt, Herrn Riedels
Entdeckung zu vertuschen, und sie würden auch
Sophie zum Schweigen bringen, sollte sie ihnen zu
nahe kommen.
Doch sie hatte einen Plan. Sophie wusste, dass
das Wissen der Leuchtenden das Potenzial hatte,
die Menschheit zu verändern. Sie begann, ihre
eigenen Aufzeichnungen anzufertigen, ihre
eigenen Chroniken zu schreiben, um das Erbe der
Leuchtenden zu bewahren. Sie verfasste ihre
Notizen mit größter Vorsicht, in einem Code, den
nur die Eingeweihten verstehen würden, und
versteckte sie an verschiedenen Orten in der
Stadt. Sie wurde zur neuen Hüterin des Wissens,
zur Erbin der Geheimnisse von Sternberg.

Die Geschichte von Herrn Riedel und den Leuchtenden blieb in der Stadt nur als Flüstern zurück, eine verschwommene Erinnerung, die die Menschen nach und nach vergaßen. Doch Sophie wusste, dass irgendwann eine Zeit kommen würde, in der die Menschheit bereit sein würde, die Wahrheit zu hören.

Das letzte Vermächtnis

An einem klaren Abend, viele Jahre später, als Sophie längst alt geworden war, führte sie ihre Enkelin zur Kapelle und zeigte ihr die Inschriften, die Zeichen und Symbole, die sie bewahrt hatte. Ihre Enkelin, die die gleiche Neugier in den Augen hatte, lauschte gebannt den Geschichten über die Leuchtenden und das Wissen, das sie den Menschen hinterlassen hatten.
„Eines Tages," flüsterte Sophie, „wird die Menschheit bereit sein. Vielleicht wird jemand wie du den letzten Schritt tun und das Wissen der Leuchtenden enthüllen. Bis dahin bleibt es unser Geheimnis, das Geheimnis von Sternberg."
Ihre Enkelin nickte, und in ihrem Blick lag ein unerschütterliches Versprechen.

Kapitel 9: Die Erweckung des Erbes

Es war ein ungewöhnlich klarer Wintermorgen, als
Sophie Meißner in die alte Kapelle zurückkehrte,
die ihr und ihrer Familie nun seit Generationen als
Zufluchtsort für die Geheimnisse der Leuchtenden
diente. Die letzten Monate hatten Spuren
hinterlassen – die wachsende Gewissheit, dass sie
eine entscheidende Rolle spielte, lastete schwer
auf ihr, doch auch das Wissen um die Gefahren,
die damit verbunden waren. Sie wusste, dass die
Kräfte, die Herrn Riedel einst zum Schweigen
gebracht hatten, auch sie bedrohen würden,
wenn ihre Rolle als Hüterin des Wissens bekannt
würde. Doch der Wunsch, die Wahrheit zu
bewahren, war stärker.
Die Kapelle lag still und verlassen da, von den
Bewohnern der Stadt längst als Ruine
aufgegeben. Die schneebedeckten Mauern
hüllten die alten Geheimnisse in eine friedliche
Stille, die Sophie eine eigentümliche Sicherheit
verlieh. Sie atmete tief ein, und die eisige Luft
füllte ihre Lungen, während sie langsam in das
steinerne Gewölbe trat. Der Moment schien heilig
und das Licht, das durch die zerbrochenen
Fenster fiel, war wie ein stilles Versprechen. Sie ließ
ihren Blick über die Wände schweifen, über die
Gravuren und Symbole, die für die meisten nur
leere Formen darstellten, aber für sie lebendig
waren.
Sie begann, die Karte der Tunnel zu studieren, die
Herr Riedel in seinen letzten Aufzeichnungen
skizziert hatte. Diese Karte war sein Vermächtnis
an sie – eine Spur, die ihr den Weg wies, wie eine

Sternenkarte für die Eingeweihten. Sie verfolgte
die Linien mit den Fingerspitzen und wusste, dass
sie einen neuen Durchgang öffnen musste. Die
Karte zeigte einen verborgenen Weg, tiefer in das
Tunnelsystem hinein, und Sophie ahnte, dass dort
die letzten Antworten warteten.

Das geheime Ritual der Hüter

Sophies Schritte hallten leise wider, als sie tiefer in
die Dunkelheit des Tunnels vordrang. Die Luft war
kühl und feucht, und die Schatten schienen wie
stumme Zeugen über ihr Wissen zu wachen. Der
Weg führte sie schließlich in eine Kammer, die sie
noch nie betreten hatte. Sie hatte einen Schlüssel
dabei, einen uralten, der ihr von ihrer Großmutter
übergeben worden war, und nun spürte sie, dass
der Moment gekommen war, diesen zu
benutzen. Die Tür, vor der sie stand, war aus
schwerem Eisen gefertigt, und das Schloss trug
ein spiralförmiges Symbol – das gleiche Symbol,
das sie in den Inschriften der Leuchtenden und
auf der Karte gesehen hatte.
Mit einem tiefen Atemzug setzte sie den Schlüssel
an und drehte ihn. Ein leises, beinahe
erwartungsvolles Klicken erklang, und die Tür
öffnete sich langsam. Vor ihr lag eine Halle, deren
Wände über und über mit fremdartigen Zeichen
bedeckt waren, die im Schein ihrer Lampe leicht
zu glühen schienen. Es war, als würden die
Symbole eine geheime Energie ausstrahlen, die
nur jene berühren konnten, die zur Rolle der Hüter
erwählt worden waren.

Sophie spürte die Last ihrer Verantwortung auf ihren Schultern. Ihre Finger zitterten leicht, als sie die Symbole studierte. Sie verstand, dass sie sich an einem heiligen Ort befand – einem Ort, den die Leuchtenden einst für jene hinterlassen hatten, die das Wissen weitertragen sollten. Diese Halle, mit ihren leuchtenden Zeichen, war eine Art Heiligtum, ein Versammlungsort, an dem die Hüter das Wissen der Leuchtenden ehrten und es über Generationen bewahrten.
Sie bemerkte ein Podest in der Mitte des Raumes, auf dem ein alter, mit Sternen und Kreisen verzierter Stein lag. Es war ein Artefakt, das so alt war wie die Geschichte Sternbergs selbst. Sie konnte spüren, dass dies der letzte Schlüssel war, der die Geheimnisse der Leuchtenden freilegen würde. Mit sanften Bewegungen legte sie ihre Hände auf den Stein, und eine Flut von Bildern und Gefühlen durchströmte sie. Es war, als würde der Stein eine Art lebendiges Gedächtnis aktivieren, das Wissen und Erinnerungen über Zeit und Raum hinweg freilegte.

Eine Vision der Ankunft

Kaum hatte sie den Stein berührt, fühlte Sophie eine Kraft, die ihre Gedanken erfüllte und sie in eine Vision entführte. Sie sah den Nachthimmel – Sterne, die über einem fremden Planeten funkelten, und eine Landschaft, die von blauem Licht getränkt war. Die Leuchtenden, schlanke Gestalten mit ausdrucksvollen, leuchtenden Augen, wanderten über ihre Heimat, eine Welt,

die so fern und anders war, dass Sophie nur
erahnen konnte, was sie dort fühlten.
Dann, als hätten die Leuchtenden ihren
Entschluss gefasst, sah sie, wie sie auf die Erde
blickten – unsere Erde, eine junge, unberührte
Welt, die sie in der Ferne wie einen Stern am
Himmel sahen. Sie spürte ihre Neugier, ihre
Sehnsucht, und dann – einen Riss im Raum selbst,
als die Leuchtenden die Reise antraten, die sie
schließlich nach Sternberg führen sollte.
Die Vision veränderte sich und zeigte die ersten
Siedler, die sich um das Licht versammelten, das
am Himmel erschien und wie ein strahlender Stern
über dem Berg schwebte. Die Menschen wussten
nicht, was sie sahen, doch sie fühlten eine
Ehrfurcht, eine Kraft, die sie anzog und sie in den
Bann zog. Die Leuchtenden, die aus dem Licht
traten, brachten Wissen und Geheimnisse, die die
Menschen für Generationen verändern würden.
Sophie begriff, dass die Leuchtenden mehr als
nur Beobachter gewesen waren – sie hatten die
Menschheit nicht nur gesehen, sondern auch in
ihrem Potenzial erkannt. Die Zeichen und
Symbole, die sie hinterlassen hatten, waren nicht
nur Botschaften, sondern ein Test, eine Einladung
zur Erkenntnis und zum Erwachen. Sie hatten die
Stadt Sternberg als ihren Nexus auserkoren, als
einen Ort, der wie ein Knotenpunkt der Zeit das
Wissen für die kommenden Generationen
bewahren sollte.

Der Schwur der Bewahrer

Die Vision verblasste, und Sophie spürte die Kraft des Raumes in ihrem Inneren pulsieren, wie ein unsichtbares Licht, das sie von innen heraus erhellte. Sie wusste nun, dass ihre Rolle nicht nur darin bestand, das Wissen der Leuchtenden zu bewahren, sondern es zu schützen und auf den richtigen Moment zu warten – auf den Moment, in dem die Menschheit bereit sein würde, die Wahrheit zu empfangen.

Mit festem Blick legte sie die Hände auf den alten Stein und sprach leise den Schwur der Hüter, den ihre Großmutter ihr beigebracht hatte: „Ich bin die Stimme der Vergangenheit und die Hüterin des Lichts. Möge das Wissen bewahrt und das Geheimnis geschützt werden, bis die Zeit der Erkenntnis reif ist.“

Als sie die Worte aussprach, schien sich der Raum zu verändern. Die Symbole an den Wänden leuchteten intensiver, und Sophie hatte das Gefühl, dass die Leuchtenden ihre Anwesenheit spürten – als wären ihre Geister noch immer an diesem Ort, als hätten sie darauf gewartet, dass jemand wie Sophie den Mut fände, das Erbe weiterzuführen.

Doch während sie den Schwur sprach, drängte sich ein Schatten in ihre Gedanken – eine Ahnung, dass ihre Entdeckung nicht unbemerkt geblieben war. Sie erinnerte sich an den Bürgermeister, an die Machtstrukturen, die Herrn Riedel zum Schweigen gebracht hatten. Sie wusste, dass auch sie überwacht wurde, dass die Mächtigen ein Auge auf die Familie Meißner hatten und dass sie niemals zulassen würden, dass das Wissen der Leuchtenden an die Öffentlichkeit gelangte.

Der lange Weg des Schweigens

Mit einem schweren Herzen, aber unerschütterlicher Entschlossenheit verließ Sophie die Kapelle. Sie wusste, dass sie mit dem Wissen der Leuchtenden anders umgehen musste als Herr Riedel. Sein Drang, die Wahrheit zu offenbaren, hatte ihn schließlich das Leben gekostet. Sophie hingegen verstand, dass sie das Wissen in anderer Form bewahren musste – als eine stille Hüterin, die darauf wartete, dass eines Tages die richtigen Menschen das Erbe weiterführen würden.

In den nächsten Jahren lebte Sophie ein zurückgezogenes Leben, immer wachsam, stets auf der Hut vor jenen, die die Hüter des Wissens zum Schweigen bringen wollten. Sie dokumentierte ihre Erkenntnisse, verbarg ihre Aufzeichnungen an verborgenen Orten und ließ eine Spur von Rätseln und Hinweisen, die nur jene finden würden, die bereit waren, den Weg der Leuchtenden zu verstehen.

Eines Tages, als sie in die Jahre gekommen war und ihre Haare silbrig schimmerten, nahm sie ihre Enkelin an der Hand. Gemeinsam betraten sie die alte Kapelle, und Sophie erzählte ihr von den Leuchtenden, von Herrn Riedel und dem Wissen, das die Menschheit eines Tages empfangen würde. Ihre Enkelin hörte gebannt zu, und Sophie sah in ihren Augen die gleiche Neugier, den

gleichen Funken, der sie einst selbst angetrieben
hatte.

„Die Wahrheit, die in Sternberg verborgen ist,
gehört der Menschheit," flüsterte Sophie und
blickte ihre Enkelin liebevoll an. „Doch nicht jeder
ist bereit für diese Wahrheit. Die Zeit wird
kommen, doch bis dahin ist es unser Geheimnis."
Mit einem sanften Lächeln und einem feierlichen
Blick führte Sophie ihre Enkelin zurück aus der
Kapelle und übergab ihr das Erbe der Hüter. Die
Geschichte der Leuchtenden, das Wissen, das
seit Äonen verborgen war, würde weitergetragen
werden – von Generation zu Generation, bis die
Welt eines Tages bereit sein würde, das wahre
Licht des Sternbergs zu sehen.

Kapitel 10: Der Bund der Generationen

Jahre waren vergangen, seit Sophie das Geheimnis der Leuchtenden an ihre Enkelin weitergegeben hatte. Die einst junge und neugierige Frau war nun selbst Teil einer langen Linie von Hüterinnen und Hütern geworden, die das Wissen über Sternberg und seine Ursprünge bewahrten. Ihre Enkelin, Clara, war inzwischen erwachsen und besaß die gleiche Leidenschaft für die Geheimnisse, die tief unter der Stadt schlummerten. Sie hatte nicht nur Sophies Weisheit geerbt, sondern auch ihre Entschlossenheit und die Fähigkeit, das Wissen zu schützen und auf den richtigen Moment zu warten.
Die Welt außerhalb Sternbergs hatte sich verändert. Neue Technologien, internationale Vernetzung und globale Konflikte hatten die Zeiten geprägt, und das Wissen der Leuchtenden, das einst unvorstellbar erschien, wirkte nun fast wie eine Vorahnung dessen, was die Menschheit erreichen könnte. Doch Clara wusste, dass die Zeit noch nicht reif war, um die Wahrheit preiszugeben. So wie ihre Großmutter Sophie es sie gelehrt hatte, hütete sie das Wissen der Leuchtenden wie einen kostbaren Schatz.

Eine Entdeckung, die alles verändert

An einem kalten Herbsttag, als Clara die verstaubten Aufzeichnungen ihrer Großmutter studierte, bemerkte sie ein Detail, das ihr bisher entgangen war. Ein kleiner, fast unsichtbarer

Vermerk am Rand einer Seite, der von einem „Ort der Ankunft" sprach. Die Worte wirkten unbedeutend, doch Clara spürte instinktiv, dass sie mehr bedeuten mussten. Sophie hatte den Ort der Ankunft nie ausführlich beschrieben – es schien, als habe sie etwas absichtlich verschwiegen.

Clara entschied sich, das Rätsel zu lösen. Ausgerüstet mit einer Karte der Tunnel und den sorgfältigen Notizen ihrer Großmutter machte sie sich in einer mondlosen Nacht auf den Weg zur alten Kapelle. Die Luft war kühl, und eine ungewöhnliche Stille lag über der Stadt, als wüsste sie, dass diese Nacht von Bedeutung war. Sie öffnete die schwere Tür zur Kapelle, und das Echo ihrer Schritte hallte durch das alte Gemäuer. Die Symbole und Gravuren an den Wänden, die einst stumm und bedeutungslos erschienen waren, wirkten nun wie leuchtende Wegweiser, die sie tiefer in die Kapelle und die darunterliegenden Tunnel führten. Sie folgte den schmalen Pfaden, die sich durch die Dunkelheit schlängelten, bis sie schließlich in einer versteckten Kammer ankam, die sie zuvor übersehen hatte.

In der Kammer fand sie eine Inschrift, die ihr Herz schneller schlagen ließ. Die Worte schienen direkt an sie gerichtet zu sein, als ob sie darauf gewartet hätten, von ihr entdeckt zu werden. „Der Ort der Ankunft – ein Schrein des Lichts, den die Leuchtenden für die Erben hinterlassen haben." Clara war sich sicher, dass dies der Zugang zu einer noch tieferen Ebene des Wissens war, die sie bisher nicht kannte.

Mit klopfendem Herzen folgte sie der Inschrift und entdeckte eine weitere Passage, die sie durch ein Labyrinth von Tunneln führte. Es war ein gewundener Pfad, der in die Tiefe reichte und an einigen Stellen durch uralte Steinwände verborgen war. Sie fühlte sich wie eine Wanderin, die einer unsichtbaren Spur folgte, geleitet von einem Licht, das nur sie sehen konnte.

Das Herz des Wissens

Nach Stunden des Suchens und Entdeckens erreichte Clara schließlich eine Kammer, die in einem sanften, bläulichen Licht erstrahlte. In der Mitte des Raumes, umgeben von Kristallen, die das Licht reflektierten, lag eine Art Altar. Auf ihm ruhte ein kristallklares Gefäß, in dem ein Stein lag, der unnatürlich zu pulsieren schien. Clara fühlte sofort, dass sie etwas Besonderes entdeckt hatte – dies war der „Ort der Ankunft", von dem ihre Großmutter gesprochen hatte.
Sie trat näher, das Licht des Steins spiegelte sich in ihren Augen, und sie fühlte, dass das Gefäß eine Art Kern des Wissens darstellte, ein Überbleibsel, das die Leuchtenden zurückgelassen hatten. Es war kein gewöhnlicher Stein; er schien zu leben, als ob er die Gedanken und Erinnerungen all jener speicherte, die ihn berührt hatten.
Clara legte ihre Hand sanft auf das Gefäß und spürte eine Welle von Bildern und Gefühlen, die ihren Geist durchfluteten. Vor ihren Augen formten sich Szenen: die Leuchtenden, die auf der Erde landeten, die frühen Siedler, die von

Ehrfurcht ergriffen waren, und die ersten Hüter, die das Wissen bewahrten und weitergaben. Die Bilder wechselten rasend schnell, doch sie fühlte sich von ihnen geführt, als ob der Stein selbst die Geschichte erzählte, die sie nun als Hüterin der Leuchtenden verstehen musste.

Eine Botschaft für die Zukunft

Dann erkannte Clara, dass die Vision eine versteckte Botschaft enthielt, ein Hinweis, der sie zur wahren Bedeutung des Erbes der Leuchtenden führen würde. Sie sah, wie die Leuchtenden die Menschen auswählten, wie sie ihnen Wissen und Symbole gaben, die nur von denen verstanden werden konnten, die bereit waren, das wahre Licht zu sehen. Das Licht, so wurde ihr klar, war nicht nur ein Symbol für Wissen – es war ein Schlüssel, eine Kraft, die das Potenzial der Menschheit erwecken konnte.
Sie verstand, dass die Leuchtenden keine Götter waren, sondern Bewahrer einer uralten Weisheit, die sie mit den Menschen teilen wollten, wenn diese bereit dazu wären. Doch sie hatten auch eine Warnung hinterlassen – das Wissen war nicht nur eine Gabe, sondern auch eine Bürde, die große Verantwortung mit sich brachte. Die Macht des Wissens, so sagten die Leuchtenden, könne den Menschen entweder zum Aufstieg führen oder ihn in den Abgrund stürzen. Die Wahl lag bei ihnen.
Die Vision endete abrupt, und Clara stand allein in der stillen Kammer, die nun vertraut und fremdartig zugleich wirkte. Sie wusste nun, dass

ihre Aufgabe nicht nur darin bestand, das Wissen zu bewahren, sondern es auch zu beschützen, bis die Menschheit den Reifegrad erreicht hatte, um es weise zu nutzen.

Das Erbe in neuen Händen

Die folgenden Jahre widmete Clara sich ganz der Aufgabe, die Geheimnisse der Leuchtenden zu bewahren und weiterzugeben. Sie führte akribische Aufzeichnungen, skizzierte die Symbole, die sie in den Tunneln entdeckt hatte, und setzte das Wissen fort, das Sophie und ihre Vorfahren begonnen hatten. Doch sie wusste, dass sie das Vermächtnis auch an die nächste Generation weitergeben musste.

An einem frühen Herbstabend nahm sie ihre eigene Tochter, Mira, mit zur Kapelle. Mira war eine junge Frau mit einem wachen Verstand und einem scharfen Blick für das Verborgene. Clara spürte, dass Mira die richtige Erbin für das Wissen sein würde, und so begann sie, ihr alles zu erzählen – von den Leuchtenden, von Herrn Riedel, von Sophie und von dem Stein, der das Herz des Wissens war.

Die beiden verbrachten viele Abende in der Kapelle, vertieft in die Geheimnisse der Leuchtenden. Clara unterrichtete Mira in der alten Symbolsprache und zeigte ihr die versteckten Kammern und Tunnel, die die Geschichte Sternbergs bewahrten. Sie führte sie zu dem Altar in der Kammer, wo Mira das erste Mal den Stein des Wissens berührte. Clara beobachtete sie dabei und sah, wie Mira die

gleichen Visionen und Bilder erlebte, die auch sie
gesehen hatte. Sie wusste nun, dass das Erbe der
Leuchtenden sicher in den Händen ihrer Tochter
lag.

Der ewige Kreis des Wissens

Clara und Mira beschlossen, die Geheimnisse
weiterhin im Verborgenen zu bewahren und das
Wissen zu schützen, bis die Menschheit eines
Tages bereit wäre. Sie hinterließen Hinweise in
versteckten Kammern, Schriften und Symbolen,
die nur für jene sichtbar waren, die wirklich
suchten. Jede Generation würde ihr eigenes
Wissen hinzufügen, das Erbe erweitern und
bewahren.
Die Leuchtenden hatten ihre Spuren auf der Erde
hinterlassen, und Clara wusste, dass ihre
Geschichte niemals enden würde. Der Sternberg
war nicht nur ein Ort, sondern ein lebendiges
Vermächtnis, das über die Zeit hinaus bestand
und darauf wartete, von den richtigen Menschen
entdeckt zu werden. Die Hüter und Hüterinnen
der Leuchtenden waren mehr als nur Beschützer;
sie waren Teil eines kosmischen Plans, eines Erbes,
das die Menschheit eines Tages über ihre
eigenen Grenzen hinausführen würde.

Kapitel 11: Der letzte Hüter

Jahrzehnte waren vergangen. Die Zeiten hatten sich geändert, und die Welt war technisierter und vernetzter geworden. Doch die Geheimnisse der Leuchtenden blieben in Sternberg bewahrt, verborgen in den Tiefen unter der alten Kapelle. Clara war inzwischen alt und gebrechlich, doch sie spürte, dass die Zeit gekommen war, das Erbe endgültig in die Hände ihrer Tochter Mira zu legen. Sie wusste, dass Mira die letzte Hüterin der Leuchtenden sein würde – oder die erste, die das Wissen der Menschheit offenbaren könnte.
An einem kühlen Herbstabend versammelten sich die beiden Frauen noch einmal in der Kapelle. Clara hatte Mira ihre gesamte Weisheit übergeben, jede Inschrift erklärt und jede geheime Kammer gezeigt. Doch an diesem Abend sollten sie den Weg noch tiefer gehen, bis zu dem Ort, der selbst für die Hüter unzugänglich gewesen war.

Der Raum der Offenbarung

Clara führte Mira zu einer Passage, die sie beide noch nie betreten hatten. Diese Passage war der letzte Zugang, der durch die Symbole und die Visionen der Leuchtenden beschrieben worden war. Sie wusste, dass dies der endgültige Raum war – der Raum, in dem die Wahrheit über die Leuchtenden und ihr Vermächtnis der Menschheit offenbart werden würde.
Die Passage führte sie durch ein Labyrinth von Tunneln, die schließlich in eine große, weite Höhle

mündeten. Der Raum war in sanftes, mystisches Licht getaucht, das von Kristallen an den Wänden reflektiert wurde. In der Mitte der Höhle stand eine massive Steintafel, auf der die Symbolik der Leuchtenden eingraviert war. Es war die Chronik ihrer Reise und ihrer Verbindung zur Menschheit.

Mira und Clara traten gemeinsam vor die Steintafel und legten ihre Hände darauf. Ein warmes Leuchten erfüllte die Kammer, und ein sanfter Klang erfüllte die Luft – es war, als ob die Höhle selbst zu ihnen sprach, als ob die Leuchtenden ihre letzte Botschaft übermittelten. Die Frauen spürten eine Präsenz, eine ungreifbare, aber warme Kraft, die sie umgab und ihnen eine letzte, unmissverständliche Botschaft vermittelte.

„Wir sind die Hüter des Lichts," flüsterte Clara, und Mira sprach ihr nach, „wir sind die Brücke zwischen der Erde und den Sternen. Unser Erbe ist das Wissen, und unsere Pflicht ist es, zu bewahren, bis die Zeit reif ist."

Die Entscheidung

Clara spürte, dass sie nun den letzten Schritt gehen musste. Sie legte ihre Hände auf Miras Schultern und sprach mit ernster Stimme: „Mira, meine Tochter, das Wissen der Leuchtenden liegt nun in deinen Händen. Du musst entscheiden, ob die Menschheit bereit ist oder ob dieses Wissen weiter ruhen soll."

Mira blickte in die Augen ihrer Mutter und fühlte das Gewicht dieser Entscheidung auf ihren

Schultern. Sie wusste, dass die Macht des Wissens
die Menschheit befreien, aber auch zerstören
konnte. Sie dachte an die Welt, an die Kriege, an
das Verlangen nach Macht und die tiefsitzende
Unruhe, die den Planeten umtrieb.
„Die Menschheit ist noch nicht bereit," sagte sie
schließlich, ihre Stimme fest und voller
Entschlossenheit. „Das Wissen der Leuchtenden
wird weiterhin bewahrt werden, und eines Tages,
wenn die Welt nach Weisheit sucht und nicht
nach Macht, werden wir es offenbaren."
Clara nickte, ein friedliches Lächeln auf ihren
Lippen. „Du hast die richtige Entscheidung
getroffen, Mira. Die Hüter werden fortbestehen,
und das Vermächtnis der Leuchtenden bleibt
bewahrt."

Der Kreis schließt sich

Clara verabschiedete sich von ihrer Tochter und
verließ die Kapelle ein letztes Mal. Sie wusste, dass
Mira das Wissen schützen würde, bis die Zeit
gekommen war. Die Stadt Sternberg blieb, wie
sie immer gewesen war, und die Geheimnisse der
Leuchtenden ruhten in der Dunkelheit der Erde,
bereit für den Tag, an dem die Menschheit sie in
Weisheit empfangen würde.
Mit diesem letzten Akt endete die lange Linie der
Hüterinnen und Hüter. Die Geheimnisse blieben
verborgen, und der Sternberg stand weiter als
stiller Zeuge der Jahrhunderte und Bewahrer einer
Wahrheit, die größer war als die Menschheit
selbst.

Mira trug das Vermächtnis fort, und das Wissen
der Leuchtenden blieb in ihr, wie ein Licht, das im
Verborgenen weiterlebte und eines Tages die
Welt erhellen würde.